ग़ज़ल-संग्रह

डॉ. फूलकली 'पूनम'

तपिश थी वह जुदाई में मेरे अरमाँ जले 'पूनम'
मिरा ग़म भी तिरे ग़म की वो सौग़ातें समेटे है

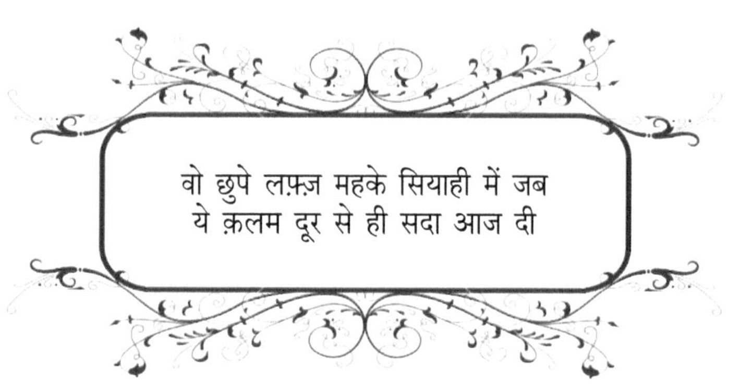
वो छुपे लफ़्ज़ महके सियाही में जब
ये क़लम दूर से ही सदा आज दी

आईने में चाँद

ग़ज़ल-संग्रह

डॉ. फूलकली 'पूनम'

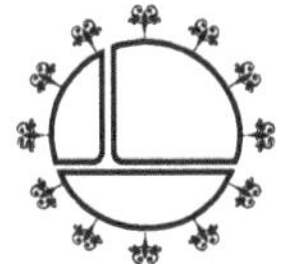

अंजुमन प्रकाशन

अंजुमन प्रकाशन

942, मुट्ठीगंज, प्रयागराज-3 उत्तर प्रदेश, भारत

www.anjumanpublication.com

contact@anjumanpublication.com

प्रथम संस्करण अंजुमन प्रकाशन द्वारा 2021 में प्रकाशित

आवरण व टाइप सेटिंग : अंजुमन प्रकाशन

शब्दांकन-राकेश कुमार

ISBN : 978-93-88556-60-6

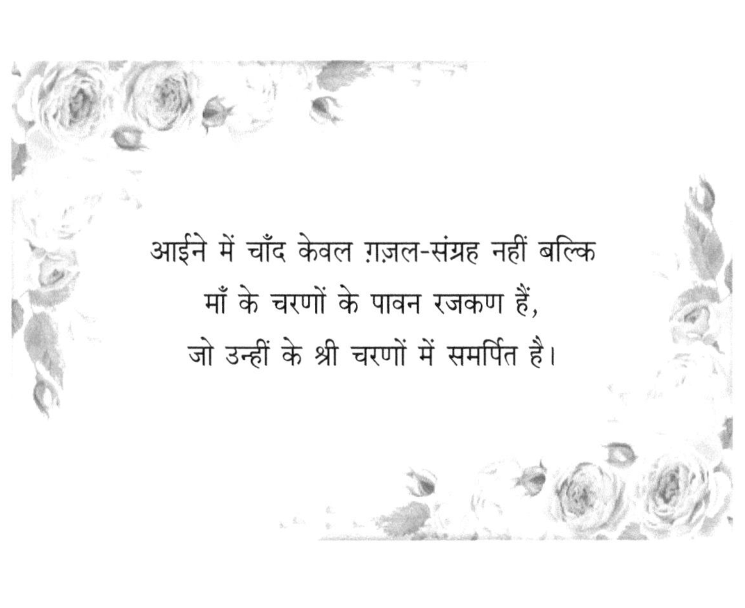

आईने में चाँद केवल ग़ज़ल-संग्रह नहीं बल्कि
माँ के चरणों के पावन रजकण हैं,
जो उन्हीं के श्री चरणों में समर्पित है।

1. सुब्ह होते ही आँखों के सामने माँ का आना और नज़र में भर जाना; उनके रूप में साक्षात् वाग्देवी के द्वारा आशीर्वाद मिलना और वही परिवर्तित होकर अल्फ़ाज़ में ढलना... तुझे आभार क्या कहूँ माँ; तू ही मैं हूँ, तेरे क़दमों पे जहां वार दूँ; ये तो कुछ भी नहीं, वो ख़ुदा वार दूँ... सब तेरा तुझे ही अर्पित माँ।

2. आदरणीय सुप्रसिद्ध कवि श्री संजीव सरगम जी को नेह नमन करती हूँ कि वे दूर रहकर भी काव्य सृजन हेतु हमारा हौसला-अफ़ज़ाई करते रहते हैं।

जब लगा ज़िन्दगी मुस्कुराने लगी।
तो उदासी ज़रा पास आने लगी।
हँसते होंठों पे अश्कों का पहरा लगा,
चाँदनी मेरे तन को जलाने लगी।

परिचय : डॉ0 फूलकली 'पूनम'

नाम : डॉ0 फूलकली गुप्ता 'पूनम'

पिता का नाम : स्व0 राम पदारथ गुप्ता

माता का नाम : श्रीमती धनपती गुप्ता

जन्म-स्थान : ग्राम-रामापुर दिखौरा, जिला-सुलतानपुर उ0प्र0,

सम्पर्क : व्हाइट हाउस, अन्तू रोड, अमेठी, जनपद-अमेठी (उ.प्र.)

मोबाइल नं0 : 9807836516

Email : phoolkaligupta123@gmail.com

शिक्षा : स्नातकोत्तर 1-संस्कृत, 2-म0इतिहास, 3-हिन्दी, बी0एड0, पीएच0डी0 (संस्कृत), जूनियर डिप्लोमा (हारमोनियम) प्रयाग संगीत समिति, इलाहाबाद, पत्रकारिता एवं जनसंचार में स्नातकोत्तर डिप्लोमा (Final Semester)]

सम्प्रति : प्रधानाचार्या राजकीय बालिका इण्टर कॉलेज अमेठी, उ.प्र. जिला गाइड कमिश्नर, अमेठी

साहित्यिक एवं सांस्कृतिक सेवाएँ :

- बोलती रोशनाई ग़ज़ल-संग्रह प्रकाशित
- 31वीं अखिल भारतीय नाट्योत्सव इलाहाबाद 'हम भारत की बेटी हैं' में प्रशंस्य अभिनय।
- बैडटच (Bad Touch) टेली फिल्म में प्रमुखतम सकारात्मक किरदार (अभिनेत्री) के रूप में सशक्त अभिनय।
- पटेलसेवा संस्थान द्वारा 'लौह पुरुष सरदार पटेल।'
- स्मृति सम्मान-2017, 'साहित्य रत्न सम्मान-2017।'
- अनेक अन्तर्राष्ट्रीय एवं राष्ट्रीय सेमिनारों में प्रतिभाग एवं प्रस्तुतीकरण।
- प्रादेशिक एवं राष्ट्रीय तथा अन्तर्राष्ट्रीय समाचार पत्रों और पत्रिकाओं में मुक्तक, गीत, ग़ज़लों का अनवरत प्रकाशन।
- 'आगमन' षष्ठ स्थापना दिवस समारोह 8 सितम्बर-2018।
- 'भाव कलश' रचनाकार सम्मान।
- अन्तर्राष्ट्रीय महिला दिवस-2019 The Fantastic Females (season-02)।
- तेजस्विनी एवार्ड-प्रसिद्ध संस्था आगमन द्वारा चतुर्थ वार्षिक समारोह एवं लोकार्पण काव्यकुम्भ अधूरा मुक्तक में सम्मानित।
- शैक्षणिक, सामाजिक एवं साहित्यिक गतिविधियों में महत्त्वपूर्ण योगदान देने के कारण अनेक सम्मान प्राप्त।

कुछ लफ़्ज़ मेरे

मुझ अकिंचन के पहले ग़ज़ल-संग्रह 'बोलती रोशनाई' को आप सम्मानित पाठकगणों द्वारा अत्यधिक सराहा गया और भरपूर समीक्षायें लिखी गईं जो मेरे लिये किसी पुरस्कार से कम नहीं हैं... अभिभूत हूँ। आपके इसी प्यार दुलार से मेरे अल्फ़ाज़ उड़ान भरते रहे, चाँद-सितारों से होते हुये वो दूसरे अदृश्य जहां को देखने की कोशिश में हर क्षण तराब्बुर के दर पर राज़दा करते रहे। आख़िर में हमारी ख़ामोश इबादत रंग लाई और हमें ऐसे अनदेखे दृश्य दिखाई पड़ने लगे जो पहले कभी कल्पना में नहीं थे; अब वह पूरी कायनात ज़रा-ज़रा मेरे सामने आती जा रही है। इन्द्रधुनष के सात रंगों में मैं पहले ही डूबी थी, अब तो अनगिनत रंग वादियों में बिखरे पड़े हैं... जिधर निगाह जाती है उधर ही बँध जाती हूँ। वाह री ग़ज़ल तूने कैसा जादू किया; एक भोले-भाले मन पर ऐसा कब्जा कर लिया जो क़यामत के बाद भी तुझ में ही डूबा रहेगा। तुमने मेरी नज़रों में अपनी कई नज़रें गड़ा दीं और अब मुझे तुम्हारे सिवा कुछ भी दिखाई नहीं पड़ता है क्या देखूँ, कौन-सी रोशनी से आँखों को चकाचौंध कर दिया। तेरे इतने रूप हैं। मैं जिसे भी देखती हूँ उसी में खो जाती हूँ बेख़ुदी का आलम यह है कि 'मैं कौन' यह भी याद नहीं। अपने घर का पता भूल गई, तेरी गली में ही ठिकाना कर लिया। लोग पागल, दीवानी समझकर पत्थर बरसायेंगे तो यह गुनाह तेरे सर जायेगा... मैं तो मदहोश हूँ, सूली चढ़ने का भी एहसास नहीं होगा।

आदरणीय पाठकगणों!

मेरे पहले ग़ज़ल-संग्रह 'बोलती रोशनाई' की ही तरह 'आईने में चाँद' को भी मुहब्बत से सराबोर करके अपनी पलकों का स्पर्श दीजिए, मैं विनयावनत रहूँगी,

मिरी साँसें महकती हैं वो शब आवाज़ जब देती,
किसी ने था छुआ मुझको सहर झुककर बताती है।

ग़ज़ल धड़कन की कस्तूरी ये लफ़्ज़ों को सुहाती है
सदायें छुपके ही देती ये चिलमन से बुलाती है

बहुत मस्ती के आलम में जो मैं रातों में सोती हूँ
सियाही रूबरू मेरे लबों को चूम जाती है

अनुक्रम

1

बन्द उनसे अब हमारी बात है।
जाने क्यूँ अब चुप मेरा दिन-रात है।

बूँद की लड़ियाँ भी गुमसुम ही लगें,
दर्द में डूबी हुई बरसात है।

चाँदनी तन से लिपटकर रो रही,
रौशनी ने ली छुपा सौगात है।

उन सितारों की चमक मद्धम हुई,
कहकशां की लौटती बारात है।

दुश्मनों ने राह में काँटे रखे,
उनकी 'पूनम' दिख गई औकात है।

2

ख़्वाब रातों में अक्सर ही उनके दिखे।
रूबरू जो हमें मुखड़े कम से दिखे।

गुम सहर में हुये साथ शब भर रहे,
अजनबी बन गये हमसफ़र से दिखे।

चैन से सोये थे पलकें भी बन्द थीं,
नूर बिखराते क्यूँकर नज़र से दिखे।

उनके पहलू में आ साँस महके मिरी,
ख़ुशबू फैलाते जाते शहर से दिखे।

कल दुबारा मिलेंगे तो पूछेंगे हम,
है नशेमन कहाँ आप हमसे दिखे।

3

कोरे काग़ज़ पे जो नाम तेरा लिखा।
डूबती रात का हो सबेरा लिखा।

जुगनुओं की चमक आँख में आ बसी,
चाँदनी में धुला चाँद मेरा लिखा।

जिन किताबों के पन्नों को तुमने छुआ,
है महकता अभी अक्स तेरा लिखा।

घुल के एहसास में ख़्वाब मेरे खिले,
मेरी धड़कन में उनका बसेरा लिखा।

मिल हवाओं में झूमे मुहब्बत मिरी,
इश्क़ का बादलों संग फेरा लिखा।

छुप वो चिल्मन में आये क़यामत के दिन,
बिजलियों ने उन्हें आके घेरा लिखा।

लफ़्ज़ में खो गई खोजूँ सूरत तिरी,
रोशनाई में गुम होश मेरा लिखा।

4

जब लगा ज़िन्दगी मुस्कुराने लगी।
तो उदासी ज़रा पास आने लगी।

हँसते होंठों पे अश्कों का पहरा लगा,
चाँदनी मेरे तन को जलाने लगी।

आदमी है खिलौना किसी ने कहा,
साँस अपनी बहाने बनाने लगी।

रात के बाद जीवन में आती सहर,
अब ख़िज़ां भी बहारें बुलाने लगी।

रीत दुनिया की 'पूनम' निराली दिखे,
चैन के साथ बेचैनी आने लगी।

5

दोस्तों में रहे दुश्मनों से घिरे।
चाँद बन चमके पर बादलों पे घिरे।

जब लगे वो गले होश खो बैठे हम,
होश में आये तो ख़ंजरों से घिरे।

उम्र थोड़ी-सी है आख़री सच यही,
ये चराग़े वफ़ा तीरगी से घिरे।

हमने सोचा मुहब्बत में दे देंगे जां,
प्यार की शक्ल में नफ़रतों से घिरे।

डूबता देखकर रो पड़ा आसमां,
कश्तियाँ थीं खड़ी साहिलों से घिरे।

6

ढूँढ़ने को सुकूं कल गयी थी शहर,
वो मिला ही नहीं मैं फिरी दर-ब-दर।

सब परेशान थे जाने क्या पाने को,
ख़ुद को साबित करें ये मची थी ग़दर।

सबकी ख़्वाहिश यही क़ैद सूरज करें,
मुट्ठी में रख रहे रेत को बेख़बर।

चाँद की चाँदनी से जलाकर दिये,
टुकड़े करके रखें आसमां अपने घर।

होड़ ऐसी लगी पायें अमृत सभी,
भीड़ में आदमी पी रहा है ज़हर।

7

दुश्मनी दुश्मनों से गवारा नहीं।
ज़ोर उनके दिलों पे हमारा नहीं।

ये ज़मीं आसमां दोनों हिलमिल रहें,
इसको बाँटो न तुम है तुम्हारा नहीं।

ये हवाएँ शजर पे जतातीं जो हक़,
तो परिन्दों का होता गुज़ारा नहीं।

प्यासी दरिया अगर पानी को रोक ले,
राह देता किसी को किनारा नहीं।

रुख़ से रौशन हुईं ये हसीं वादियाँ,
एक जुगनू हूँ मैं तो सितारा नहीं।

8

शीशा-ए-दिल ने पत्थर से यारी किया।
हम सँभलते ज़रा चोट भारी किया।

इन्तिहा ये सितम की सहें कब तलक,
कोशिशें ज़ुल्म सहने की सारी किया।

सब बनाया ख़ुदा ने मगर दिल नहीं,
ये ख़बर ही न थी भूल भारी किया।

ख़ाक में मिल गई होश भी खो गये,
मुझसे नादान से होशियारी किया।

हमने पूजा उन्हें देवता मानकर,
लूट के आशियाना भिखारी किया।

9

धड़कनों से भी इज़हार ऐसा करें।
हों न मरके जुदा यार ऐसा करें।

रुख़्सती हो यहाँ से तो रोये चमन,
उन गुलों को भी गुलज़ार ऐसा करें।

अपनी ख़ुशबू लुटा दें हवाओं में हम,
हो ख़ुशी का ही घर बार ऐसा करें।

बेकसों बेबसों को लगाकर गले,
बन ग़मों के तलबगार ऐसा करें।

वो ख़ुदा भी उतर आया सजदा किया,
पायें रहमत का संसार ऐसा करें।

10

हम छुपे थे यहाँ पर नज़र में रहे।
मंज़िलें तो मिलीं पर सफ़र में रहे।

ज़िंदगी कट गई उनके आग़ोश में,
अजनबी बनके अब भी जिगर में रहे।

वो फ़साना हक़ीक़त बना ही नहीं,
हम बड़े बेख़बर पर ख़बर में रहे।

पंख परवाज़ पा करके चूमे फ़लक,
कैसे आवारा पंछी शजर में रहे।

इक नशेमन बने आरज़ू है यही,
अब ये बंजारा मन अपने घर में रहे।

11

तेरी बाँहों का अब है सहारा कहाँ।
जिसपे जां वार दूँ वो इशारा कहाँ।

देख तूफ़ान को छोड़ा मझधार में,
कश्तियाँ खींच लाये वो धारा कहाँ।

डूबने में मज़ा अब तो आने लगा,
मौज दरिया की रोके किनारा कहाँ।

हमने घर में सजाई है इक चाँदनी,
रात रौशन करे वो सितारा कहाँ।

इश्क़ में हम ख़ुदा को भुला बैठे हैं,
उनको रस्म-ए-वफ़ा है गवारा कहाँ।

12

मुहब्बत का हमने तराना सुना है।
हक़ीक़त सुनी या फ़साना सुना है।

ये आसां नहीं है बयां लब से होना,
न वो सुन सके पर ज़माना सुना है।

जुदाई की रातें क़यामत सी लगतीं,
न माशूक़ जैसा दीवाना सुना है।

जहां को भुलाकर वो ख़ुद में ही खोये,
रहे दिल का मौसम सुहाना सुना है।

चुभे तीर 'पूनम' निगाहें मिलीं जब,
नहीं चूकता ये निशाना सुना है।

13

रहो ख़्वाब बनकर हमारी नज़र में।
तुझे बन्द कर लूँ आ प्यारी नज़र में।

जो आईना देखूँ दिखे तेरी सूरत,
समायी ख़ुदाई है सारी नज़र में।

जहां दाद देता है उल्फ़त की मेरे,
किया डूबकर मैंने यारी नज़र में।

मुहब्बत हुई जब महकने लगा मन,
मिली मुझको मंज़िल तुम्हारी नज़र में।

बने सारे नाते निगाहों के दम से,
भरे भाव हैं कितने भारी नज़र में।

14

कभी चाँद बन आओ तनहा सफ़र में।
क़दम आके रख जाओ सूनी डगर में।

अँधेरे में डूबी फ़सीलें बुलातीं,
कभी चाँदनी लाओ मेरे भी घर में।

बनाया नशेमन बड़े ही जतन से,
जो तूफां को देखा छुपे जा शजर में।

तमन्ना है जिनकी न वो रूबरू हैं,
कई ख़्वाब क़ैदी हैं मेरी नज़र में।

करे है सवारी जो दो कश्तियों में,
न रहते इधर ही न रहते उधर में।

15

किया हमने नहीं अब तक किसी के साथ ग़द्दारी।
मिटा दी ख़ुद की हस्ती को निभाई टूटके यारी।

जिन्होंने जन्म दे करके दिखाया ये जहां हमको,
भुला करके ख़ुदाई को किया उनसे वफ़ादारी।

अँधेरी रात में मेरी उजाला बनके जो चमके,
बनी सूरज मैं उनके वास्ते दीं नेमतें सारी।

कभी जब ज़ुल्म करने वालों ने भी आँख दिखलाई,
लड़ी चट्टान से तनहा दिया टक्कर उन्हें भारी।

लिखा तारीख़ में 'पूनम' मिटा कोई न पायेगा,
हमारा नाम गूँजेगा रहेगा सिलसिला जारी।

16

मिरा मन आसमां तक उड़ने का अभ्यास करता है।
ज़मीं पर चाँद ले आयें यही दिन-रात कहता है।

उमड़ते बादलों को भी समेटूँ ख़ुद की मुट्ठी में,
बनूँ शबनम सबेरे की वो मुख जिसका दमकता है,

वो जो है क़ैद में बुलबुल उसे परवाज़ मैं दे दूँ,
मिरा दिल झूम उठता है परिंदा जब चहकता है।

मेरे हमराह आ जाओ तुम्हारे अश्क मैं पी लूँ,
ख़ुशी का आशियाना है जो दिल मेरा धड़कता है।

हमारी साँस की ख़ुशबू चमन में जा घुली 'पूनम',
करें हम देश की पूजा मिरा तन-मन महकता है।

17

जिये हैं शान से हम तो जियेंगे शान की ख़ातिर।
कटा देंगे ये सर अपना इसी ईमान की ख़ातिर।

ज़मीं के जितनी भारी है हमारी बात तुम सुन लो,
लुटा देंगे ये तख़्तो ताज सारा मान की ख़ातिर।

भले ये ज़िन्दगानी चार दिन की ये कहा सबने,
गवारा है ज़हर पीना मुझे इंसान की ख़ातिर।

किया क़ुर्बान बेटों को दीवारों में भी चुनने को,
था उनका नाम सिंह गोविन्द इस अभिमान की ख़ातिर।

भगत सिंह का वही प्याला जिसे पी झूमे मस्ती में,
कटाया शीश हँस करके न हो अपमान की ख़ातिर।

18

बिखरते फूल राहों में अजी जब आप हँसते हैं।
निगाहों में हमारी हसरतों के ख़्वाब पलते हैं।

कभी हम राज़-ए-दिल उनसे बयां भी कर नहीं पाये,
ज़माने ने यही सोचा कि वो हर रोज़ मिलते हैं।

चराग़ों की तरह एहसास की लौ रौशनी देती,
ज़रा-सा मुस्कुराने से भला क्यूँ लोग जलते हैं।

हज़ारों मंदिरों में जा भले पूजा करो कितनी,
मगर बेबस और लाचारों में ही भगवान मिलते हैं।

तुम्हें अक्सर ही 'पूनम' नींद में भी बोलते देखा,
लुटे जब आबरू-ए-दामिनी क्यूँ होंठ सिलते हैं।

19

हज़ारों ग़म हैं सीने में मगर हम मुस्कुराते हैं।
चले हैं आसमां छूने मुक़द्दर आज़माते हैं।

बहुत कुछ लुट गया अपना नहीं अफ़सोस है लेकिन,
सिकन्दर भी कई देखे जो ख़ाली हाथ जाते हैं।

ख़ुशी जब भी मिली मुझको बुलाये बिन ये ग़म आये,
बहारों के हसीं मौसम कहाँ हर रोज़ आते हैं।

न राहें कर सकें रौशन सितारे आसमानों के,
दीवाली के दिये लेकिन मेरे मन को सुहाते हैं।

निगाहों में मिरे 'पूनम' समन्दर की रवानी है,
लहरता है नहीं पानी वो जो ख़ामोश आते हैं।

20

बसायें मिलके हम दोनों नया इक आशियां अपना।
मुहब्बत की ज़मीं हो इश्क़ का हो आसमां अपना।

ख़ुदा भी आके पूछे क्या कमी मेरी ख़ुदाई में,
लुटाया तेरे क़दमों पे तो मैंने कहकशां अपना।

परिंदा बेबसी में देखता है घोंसला लुटते,
तुम्हें भी दर्द होगा तब लुटेगा जब मकां अपना।

मुसाफ़िर तुम हो राहों के कहाँ मंज़िल तुम्हारी है,
समझ बैठे हो ग़लती से तुम्हारा ये जहां अपना।

करें हम काम कुछ ऐसा जहां में नाम हो 'पूनम',
कभी भी मिट नहीं पाये बनायें वो निशां अपना।

21

रोटियाँ याद माँ की हमें आ रहीं।
थालियाँ ये सजी अब नहीं भा रहीं।

नाम लेती हूँ उनका महक जाती हूँ,
हिचकियाँ माँ को शायद उधर आ रहीं।

गोद ममता भरी वो बुलाती हमें,
चिट्ठियाँ उनकी देखो चली आ रहीं।

वो दुपहरी में पेड़ों पे चढ़ना मिरा,
तितलियाँ आज भी ये उड़ी जा रहीं।

अब किताबें भले बोझ 'पूनम' लगें,
तख़्तियाँ याद हमको वही आ रहीं।

22

रूप को हमने अपने सँवारा बहुत।
है दिल-ओ-जान से मुझको प्यारा बहुत।

नींद गहरी थी पर होश में आ गये,
ये छलावा था नज़रों का यारा बहुत।

ख़ुद में देखा तो जाके पता ये चला,
ज़ोर इस पर नहीं है हमारा बहुत।

वक़्त की मार से ये न बच पायेगा,
ख़त्म होना ही है ये बिचारा बहुत।

इसके क़दमों पे झुकता है 'पूनम' जहां,
कर लिया मैंने इससे किनारा बहुत।

23

दीवाली के दिये हमको यही पैग़ाम देते हैं।
लुटाना जिनकी फ़ितरत में वो सब बेदाम देते हैं।

लगायें दिल से सबको हम नहीं छोटा-बड़ा कोई,
अँधेरी रात में अक्सर दिये ही काम देते हैं।

नहीं अपना पराया कुछ नज़रिया ही अलग करता,
कभी जो लड़खड़ाये हम तो राही थाम देते हैं।

झुकी पलकें उठीं जब वो हमारा होश खो जाता,
पिलाते ये निगाहों से नशीला जाम देते हैं।

जो जलके ख़ुद ही मिट करके उजाले देते दुनिया को,
वफ़ा पर जां फ़ना करते मुहब्बत नाम देते हैं।

24

तेरी ज़ुल्फ़ों का सावन सुहाना लगे।
चाँद भी मुझको तेरा दीवाना लगे।

मैं हूँ बनजारा अब तक फिरा दर-ब-दर,
तेरे दिल का नगर अब ठिकाना लगे।

धूप की है तपिश फिर भी चलता रहा,
जब झुकी ये पलक शामियाना लगे।

ख़ंजरों की ज़ुरूरत नहीं आपको,
इन निगाहों का ऐसा निशाना लगे।

तेरी उल्फ़त में डूबी सबा झूमती,
इन नज़ारों का दिल शायराना लगे।

जुस्तजू तेरी कब से बहारों को है,
तुम नहीं तो चमन भी विराना लगे।

आह 'पूनम' भरे तुमको ख़ुद देखकर,
वो ख़ुदा भी मुझे आशिक़ाना लगे।

25

मेरी हसरत यही उनसे उल्फ़त करूँ।
बन चराग़े वफ़ा ता क़यामत जलूँ।

मुन्तज़िर ये निगाहें हैं दर पे तिरी,
ज़िन्दगी कुछ नहीं उनकी ख़ातिर मरूँ।

मिल न पाये अगर इस ज़माने में हम,
बनके बाद-ए-सबा वादियों में मिलूँ।

इक इशारे पे उनके भुला दूँ ख़ुदा,
आसमां तक पकड़ हाथ उनका चलूँ।

ख़्वाहिशें हैं मुकम्मल तेरे इश्क़ की,
एक टुकड़ा ही एहसास लेकर फिरूँ।

26

यूँ शब-ए-ग़म में जब आँख पुरनम हुई।
दिल जला इस तरह शम्मा बेदम हुई।

तेरी यादों के नश्तर चुभे इस तरह,
इन घटाओं की भी आँख अब नम हुई।

वो पपीहा तड़प करके ले सिसकियाँ,
लग रहा है जुदा उसकी हमदम हुई।

महफ़िलें जुगनुओं की वो ख़ामोश हैं,
जश्न फीका रहा रोशनी कम हुई।

रात के सीने से चीखती इक सदा,
उसको सुन करके बेचैन 'पूनम' हुई।

27

तुम्हारे बिन दीवाली क्या मेरे हमदम बताओ तुम।
निकलकर ख़्वाब से मेरे चलो दीये जलाओ तुम।

अँधेरे का भी सीना चीर दूँगी है यही ठाना,
मिले ग़र टुकड़े भर भी तीरगी आके बताओ तुम।

जला उम्मीद का दीपक चमक आँखों में ला दूँगी,
जो नाउम्मीद बैठे हैं पास मेरे बुलाओ तुम।

तुम्हारे ग़म के बदले में मेरी ख़ुशियाँ तुम्हें दे दूँ,
करम इतना करो यारा ज़रा सा मुस्कुराओ तुम।

छुपा रक्खा हथेली में ये देखो चाँद 'पूनम' का,
तुम्हें नज़राना दे दूँगी फ़लक पे घर बनाओ तुम।

28

हज़ारों दीप जलते हैं मगर मन में अँधेरा क्यूँ।
खिली है चाँदनी घर में मगर ग़म का बसेरा क्यूँ।

बना लो दिल की ज़ीनत तुम उढ़ा एहसास की चूनर,
यूँ तुमने रेत पर ही अक्स ये मेरा उकेरा क्यूँ।

सहर हो भी नहीं पाई ये शब है झूमती आई,
मेरे महबूब तूने गेसुओं को यूँ बिखेरा क्यूँ।

जहाँ घर तेरा हो दिलवर करूँ सजदा मैं राहों को,
क़दम ख़ुद ही खिंचा आता गली में तेरे मेरा क्यूँ।

कभी जब आईना देखूँ मेरी सूरत लगे धुँधली,
निगाहों में बसा 'पूनम' हसीं चह्रा ये तेरा क्यूँ।

29

तुम चले साथ में ये जहां चल पड़ा।
ये ज़मीं तो ज़मीं आसमां चल पड़ा।

हाथ थामा है जब से सफ़र में मिरा,
यार रोको मुझे मैं कहाँ चल पड़ा।

चाँद को तोड़कर लूँ बना आईना,
मेरे महबूब आ तू कहाँ चल पड़ा।

तेरी पलकों को छू ये हवा झूमती,
साथ में यादों का कारवाँ चल पड़ा।

उम्र गुज़री मुकम्मल पता तब चला,
आये 'पूनम' यहाँ वो वहाँ चल पड़ा।

30

ये जवाँ धड़कनें उनको आवाज़ दें।
साँस की रागिनी में घुला साज़ दें।

जब भी सावन की रातें सतातीं बहुत,
हमने सोचा मुहब्बत का आगाज़ दें।

मन तो आवारा बिन पंख के उड़ चला,
तुम जो थामो मुझे इसको परवाज़ दें।

हम तराशें उन्हें और बना लें ख़ुदा,
इश्क़ को अब नया एक अन्दाज़ दें।

उनकी ज़ुल्फ़ों के साये तले रात हो,
नाम 'पूनम' उन्हें अपना सरताज दें।

31

राम के नाम पर क्यूँ लड़े रात-दिन।
है अयोध्या हमारी कहे रात-दिन।

राम एहसास हैं राम ही हैं जुनूं,
तार साँसों के उनसे जुड़े रात-दिन।

चोट जब भी लगी राम मरहम बने,
ज़ुल्म तब सह सके हैं कड़े रात-दिन।

राम सम्मान हैं राम अभिमान हैं,
वो मुसीबत में मेरे खड़े रात-दिन।

सृष्टि 'पूनम' है जब तक अमर राम हैं,
द्वार प्रलय भी इनके खड़े रात-दिन।

32

गुनगुनी धूप मुझको इशारा करे।
छाँव पीपल तले से पुकारा करे।

ठहरो राही भला कैसे भूले डगर,
मुझसे मिलने का दिल कब तुम्हारा करे।

गेसुओं को तुम्हारे लगा लूँ गले,
इनपे जां वार दूँ दिल हमारा करे।

ले लूँ आग़ोश में मैं तपिश धूप की,
रूप को तेरे सूरज निहारा करे।

राह सदियों से तकती ये 'पूनम' रही,
घाट दरिया का आके दुलारा करे।

33

उनके आने की आहट फ़िज़ाओं में है।
अब कली भी बिछी उनकी राहों में है।

ये नज़ारे महकने लगे शाम से,
किसके ज़ुल्फ़ों की ख़ुशबू हवाओं में है।

माँ का घर छोड़कर आ गये हम शहर,
लोरियों की महक मेरे गाँवों में है।

खोजते ही रहे दिल कहाँ खो गया,
आज चर्चा सुनी उनके पाँवों में है।

अब वो आयेंगे 'पूनम' मेरे रूबरू,
रूप जिनका समाया निगाहों में है।

34

कभी पाँव में पंख मेरे लगे थे।
नहीं आँधियों में क़दम ये रुके थे।

जहां सारा बैरी हमारा बना था,
मगर हम नहीं ये ज़माने झुके थे।

मैं मासूम ऐसी न सय्याद जानूँ,
यही पंख तब कौड़ियों में बिके थे।

बने हमसफ़र वो रहे साथ हरदम,
क़यामत में जाना, न मेरे सगे थे।

अमावस में 'पूनम' ने भी साथ छोड़ा,
मेरे साथ शब भर ये जुगनू जगे थे।

35

मैं जो कहती ग़ज़ल है कहानी मिरी।
लफ़्ज़ में ही छुपी रातरानी मिरी।

आज फिर आ गये झील के पास हम,
शाम होती जहाँ पे सुहानी मिरी।

जब लहू से इबारत लिखी रात-दिन,
ये ख़ुदाई बनी तब दिवानी मिरी।

वो ख़ुदा भी उतर आया दर पे मिरे,
लेके तस्वीर खोजे पुरानी मिरी।

ये समन्दर की लहरें भी आहें भरें,
है हवाओं में 'पूनम' रवानी मिरी।

36

बाद मुद्दत वो मुझसे मिले एक दिन।
जब निगाहें मिलीं दिल खिले एक दिन।

बीती यादों का मौसम महकने लगा,
होंठ फिर भी रहे ये सिले एक दिन।

बेवफ़ाई भी उनकी न कुछ याद है,
वक़्त में गुम हुये सब गिले एक दिन।

यूँ लगा जैसे पहले पहल हम मिले,
याद उल्फ़त के वो सिलसिले एक दिन।

एक एहसास से दिल सिहरता रहा,
ज़ख़्म 'पूनम' दुबारा छिले एक दिन।

37

ज़िंदगी उलझनों में फँसी ही रही।
दर्द को मैं दवा जैसे पीती रही।

चाक दामन रहा उफ़ न हमने किया,
ज़ख़्म सीने के अश्कों से सीती रही।

ख़्वाब आँखों में मेरे यूँ सजते रहे,
डोर उम्मीद उनको सँजोती रही।

आँधियाँ वो चलीं आशियां उड़ गया,
पर चराग़े वफ़ा मैं जलाती रही।

रूप खिलता रहा ज्यों गुलाबी कँवल,
बनके 'पूनम' भी शबनम बरसती रही।

38

जब किताबों में यादें महकने लगीं।
उँगलियाँ भी मिरी तब सिहरने लगीं।

वो कलाई जिसे तुमने तब था छुआ,
चूड़ियाँ ये अचानक छनकने लगीं।

ख़त पुराना मिला जो अधूरा लिखा,
लफ़्ज़ में ख़ुशबुएँ सी महकने लगीं।

फूल सूखा मिला पर महक थी ग़ज़ब,
धड़कनें ज़ोर से अब धड़कने लगीं।

पूरी दुनिया निगाहों में 'पूनम' तिरे,
मेरी तन्हाइयाँ भी सँवरने लगीं।

39

जब रहे पास वो, दूर ग़म ये रहा।
साथ उनका मगर हमसे कम ये रहा।

उनको पा करके कुछ याद रहता नहीं,
होश आने न दें वो सितम ये रहा।

मेरा यारा हवाओं को मुजरिम कहे,
वो बदन चूम लेती भरम ये रहा।

एक क़तरा समन्दर-सा मुझको लगे,
जिसमें डूबा मेरा मन करम ये रहा।

चाँदनी रात 'पूनम' को सजदा करे,
मेरा दुनिया से प्यारा सनम ये रहा।

40

शाम का वो दिया यूँ ही जलता रहा।
सब लुटा करके वो ख़ूब हँसता रहा।

सबकी ख़ातिर जियें तब मज़ा जीने में,
मैं सदा वक़्त के साथ चलता रहा।

घर बना सोने का पर घुटन हो रही,
कीचड़ों में कँवल हँसके खिलता रहा।

आप नाहक़ मिटाने की कोशिश करें,
मुझसे परछाईं जैसा वो मिलता रहा।

जागकर रातों में ख़्वाब 'पूनम' बुने,
क़ाफ़िला यादों का साथ चलता रहा।

41

ये क़लम थाम ली दर्द लिखते रहे।
अश्क बाज़ारों में ख़ूब बिकते रहे।

एक वो दौर था हमज़ुबां न कोई,
अब वो पैमाने लफ़्ज़ों से भरते रहे।

शब तो आई मगर नींद नाराज़ थी,
हम सियाही में गहरे उतरते रहे।

शोर बाहर बड़ा कौन ख़ामोश है,
वो खड़े आईने में सँवरते रहे।

जब दवा के बहाने ज़हर दे दिया,
उनके आग़ोश में हँसके मरते रहे।

मेरी पलकें खुली की खुली रह गईं,
अब्र बेचैन हो करके घिरते रहे।

बर्क़ ग़मगीन है आह 'पूनम' भरे,
रोशनाई से ये ज़ख़्म रिसते रहे।

42

जहां को अलविदा कहके कहाँ जाने वो जाते हैं।
निगाहें उम्र भर तरसें हमें हरदम रुलाते हैं।

ये उनकी याद का दरिया नसों में बन लहू दौड़े,
जो उनके साथ गुज़रे दिन हमें कितना सताते हैं।

कभी बेचैन मन मेरा समाता है नहीं तन में,
कहीं जब दूर से मुझको तड़पकर वो बुलाते हैं।

शजर को लूँ लगा सीने से जिसको था छुआ तूने,
तेरी बेजान तस्वीरों पे हम जां को लुटाते हैं।

ख़ुदा तू ही बता सूरत छुपाई वो कहाँ तूने,
ख़ुदाई में कभी तुम-सा न 'पूनम' दूजा पाते हैं।

43

लिपटकर धूल क़दमों से निशां मंज़िल बताती है।
हमारे दिल की बेचैनी चुनर झिलमिल बताती है।

उन्हें इज़्ज़त नहीं मिलती सितारे जिनके गर्दिश में,
ये दुनिया अर्श वालों को ही तो क़ाबिल बताती है।

सितम लहरों के सहती है वो किश्ती उफ़ नहीं करती,
मुहब्बत है किनारे से ये उससे मिल बताती है।

मेरे जज़्बे की ये ताक़त क़ज़ा को क़ैद मैं कर लूँ,
इरादों की ये मज़बूती न कुछ मुश्किल बताती है।

खिलौने की तरह 'पूनम' हमारे दिल से खेली जो,
मज़े ले करके तोड़े पर हमें सँगदिल बताती है।

44

रात ख़ामोश होकर सिसकती रही।
आसमां से वो शबनम बरसती रही।

टूटकर एक तारा क़रीब आ गया,
रात भर लौ दिये की मचलती रही।

मेरी तन्हाई का शोर हर सू दिखे,
नब्ज़ मेरी लहू में पिघलती रही।

जुगुनुओं की चमक आज मद्धम दिखे,
ये हवा भी ज़रा-सी सिहरती रही।

संग 'पूनम' तुम्हारे ज़मीं रो पड़ी,
आग सीने में उसके धधकती रही।

45

आज भी याद पहली नज़र आपकी।
अब हवाओं से मिलती ख़बर आपकी।

वो समाँ और था आँख थी आईना,
तेरी सूरत ही दिखती उधर आपकी।

राह लाखों सही पर ग़रज़ कुछ नहीं,
मेरे दिल से ही रहती गुज़र आपकी।

सुब्ह काँटो भरी ये बदन छिल गया,
शाम दिलकश रही है उधर आपकी।

तेरी तस्वीर 'पूनम' निहारा करे,
कब हो नज़्र-ए-इनायत इधर आपकी।

46

वो ख़ुदा मुझसे पूछे हमारी रज़ा।
हमने वो कह दिया जो तुम्हारी रज़ा।

हम वफ़ा वो लिखें जिसको दुनिया पढ़े,
मेरे सजदे में शामिल तुम्हारी रज़ा।

इक इशारे पे तेरे निछावर हों हम,
मैं गले से लगाऊँ आ प्यारी रज़ा।

तेरे ग़म को मुहब्बत के रँग में रँगूँ,
ख़ार पलकों पे रख लूँ हमारी रज़ा।

उनके क़दमों को ख़ुशियों की मंज़िल मिले,
हम सँभालेंगे 'पूनम' कुँवारी रज़ा।

47

नीम का पेड़ मुझको दुलारा करे।
हर घड़ी मुझको प्रिय-सा निहारा करे।

देख चह्रे को मेरे खिलें डालियाँ,
पत्तियों के बहाने इशारा करे।

ग़म और ख़ुशियों में शामिल हमारे रहा,
मैं क़दम चूम लूँ दिल हमारा करे।

छाँव में उसकी हम सारे ग़म भूलते,
मेरी ज़ुल्फ़ों को हरदम सँवारा करे।

इक परिंदा है 'पूनम' नशेमन तू ही,
बैठकर डाल पर ही पुकारा करे।

48

न जाने क्यूँ किसी की याद में ये दिल धड़कता है।
हुए जो बेवफ़ा फिर उनकी ख़ातिर क्यूँ तड़पता है।

मुहब्बत जिनसे हो जाये भले रुसवा करें कितना,
उन्हीं के नाम पर ये दिल हमेशा आह भरता है।

ग़ज़ब हैं ये निगाहें भी बसा इक बार इनमें जो,
कभी जब आईना टूटा अक्स टुकड़ों में दिखता है।

ज़माना लाख समझाये मगर ये एक न माने,
तड़पता है शब-ए-ग़म में कहाँ ये दिल समझता है।

सितम गर शौक़ है उनका वफ़ा दस्तूर है 'पूनम',
मिटाने की करो कोशिश मगर कब प्यार मरता है।

49

तू मिरी ज़िंदगी में सहर बनके आ।
मुझको मंज़िल मिले वो डगर बनके आ।

तू तसव्वुर मिरा तू ही एहसास है,
सूनी है ये ग़ज़ल तू बहर बनके आ।

ख़्वाब में मेरी पलकों ने तुझको छुआ,
रूबरू यार मेरे नज़र बनके आ।

तेरी उल्फ़त में मैं यूँ दीवानी बनी,
इक फ़साना बने वो असर बनके आ।

बेख़बर है ज़माना मेरे इश्क़ से,
लोग पढ़ने को खोजें ख़बर बनके आ।

मैं हूँ बेआसरा मेरा दर न कोई,
ऐ मिरे हमसफ़र तू ही घर बनके आ।

वक़्त का भी पता आज तक न चला,
मेरे महबूब 'पूनम' पहर बनके आ।

50

आईना आज ख़ामोश क्यों रो रहा।
दाग़ दामन पे आया वही धो रहा।

हर सितम सहके हम होश खोये नहीं,
बेख़बर होके वो तो उधर सो रहा।

प्रेम के पौधे हमने लगाये बहुत,
कौन देखो छुपा नफ़रतें बो रहा।

जो मिली हैं तुम्हें नेमतें कम नहीं,
और की आस में आज को खो रहा।

तेरे जाने से 'पूनम' जहाँ रोया ये,
भूल सकता न तुझको यहाँ जो रहा।

51

ख़्वाब पलकों में मेरे छुपे जो रहे।
बनके जुगनू से चमके ढँके जो रहे।

मैं अकेले सफ़र में भी चलती रही,
क़ाफ़िले चल पड़े अब रुके जो रहे।

जो शजर थे खड़े आँधियाँ तोड़ दीं,
बच गई शान उनकी झुके जो रहे।

वक़्त से मेरी यारी रुकूँगी नहीं,
फ़िक्र मंज़िल की करते थके जो रहे।

मैं हूँ अनमोल 'पूनम' ख़रीदोगे क्या,
बोलियाँ उनकी लगतीं बिके जो रहे।

52

उनके आने से मौसम सुहाना हुआ।
मेरा दिल भी उन्हीं का दीवाना हुआ।

ज़ुल्फ़ लहराके जब वो चले राह में,
उन फ़रिश्तों का दिल भी निशाना हुआ।

धूल क़दमों से मिलकर महकने लगी,
देख उनको शराबी ज़माना हुआ।

गीत उनके ही गायें हसीं वादियाँ,
मेरा मन झूमकर अब तराना हुआ।

देख 'पूनम' उन्हें बेख़ुदी छा गई,
वो जो अपने हुए जग बेगाना हुआ।

53

भूलता ही नहीं प्यार पहला कभी।
दूर होता न दिलदार पहला कभी।

जब निगाहें मिलीं इक फ़साना बना,
लब पे आया न इक़रार पहला कभी।

साँस के तार पर मन थिरकने लगा,
दिल ने गाया था अशआर पहला कभी।

हम तसव्वुर में हर रोज़ मिलते रहे,
मिल बसाया था संसार पहला कभी।

इक सदी हो गई उनको देखा नहीं,
बन जा 'पूनम' का इज़हार पहला कभी।

54

महकते दिन वो कॉलेज के अजब वो भी ज़माना था।
बड़ी हसरत से छुप देखे मिरा भी इक दीवाना था।

वो आँखें याद हैं हमको हज़ारों ख़्वाब थे उनमें,
बहारें संग थीं मेरे तभी मौसम सुहाना था।

उतरकर सीढ़ियों से हम कभी जब नीचे आते थे,
निशां क़दमों के मेरे ढूँढ़ता बाक़ी बहाना था।

दुपट्टा छू गया उससे बग़ल से गुज़रे थे जब हम,
मुहब्बत ख़ुद पता ढूँढ़े मगर गूँजा फ़साना था।

लिखे थे ख़त जो उसने अब मिले हैं इन किताबों में,
तड़प लफ़्ज़ों में है 'पूनम' कोई नाता पुराना था।

55

आपको देखकर गुल सँवरने लगा।
आईना ख़ुश बड़ा रँग निखरने लगा।

उनका दिल ले लिया जब निगाहें मिलीं,
वो ज़माने से डरकर मुकरने लगा।

फूल गुलशन में खिलता बहार आने पर,
साथ पा के ख़िज़ां का बिखरने लगा।

होंठ की लौ ज़रा-सा जो काँपी इधर,
आसमां पे वो बादल सिहरने लगा।

नूर से आपके ये नज़ारे खिले,
बहता दरिया भी 'पूनम' ठहरने लगा।

56

उनके आग़ोश में हम पिघलने लगे।
ख़्वाब बन करके जुगनू चमकने लगे।

मयकदे वाले लब से पिलाया ज़रा,
एक चिनगारी भड़की तो जलने लगे।

एक लमहा क़यामत के जैसा रहा,
अश्क ख़ुशियों के नज़रों से ढलने लगे।

जुस्तजू जिनकी साँसों में पलती रही,
ख़ुशनसीबी मिरी उनसे मिलने लगे।

हम मिले तो चमन में ख़ुशी छा गई,
फूल 'पूनम' दिलों के भी खिलने लगे।

57

दास्तां मेरी सुन ये जहां रो पड़ा।
मेरी तनहाई पर आसमां रो पड़ा।

अश्क कलियाँ भी छुप-छुप बहाती रहीं,
थामकर दिल उठा बाग़बाँ रो पड़ा।

मेरी मासूमियत पर ख़ुदा भी फ़िदा,
मैं जो सिसकी यहाँ वो वहाँ रो पड़ा।

वो रक़ीबों की महफ़िल सजाते रहे,
उनकी बेदर्दी पर कारवाँ रो पड़ा।

ज़ख़्म सिलते रहे अश्क की डोर से,
तू तो पत्थर का 'पूनम' कहाँ रो पड़ा।

58

कहाँ वो लौट के आते ज़माने जो गुज़र जाते।
उन्हें वापस न कर पाते निशाने जो गुज़र जाते।

सफ़र में आगे बढ़ जाना यही दस्तूर दुनिया का,
मगर आँखों में बस जाते ठिकाने जो गुज़र जाते।

नये उस आशियां से दिल हमारा बातें करता है,
महकते नीड़ साँसों में पुराने जो गुज़र जाते।

सदायें दे रहे उनको बड़ा बेचैन है ये मन,
वो मौसम याद आते हैं सुहाने जो गुज़र जाते।

बनाके उन हसीं लमहों की चूनर ओढ़ती 'पूनम',
लिखे तारीख़ में उनको फ़साने जो गुज़र जाते।

59

मौत ने जब तड़प करके आवाज़ दी।
ज़िंदगी मुस्कुराकर नया साज़ दी।

यूँ तो कहने को साँसें हमेशा चलें,
पर मुहब्बत धड़कने का अंदाज़ दी।

होश जब से सँभाला है लिखते रहे,
ये ग़ज़ल मन परिन्दे को परवाज़ दी।

ख़ुद की ख़ातिर जिये तब मज़ा कुछ न था,
लौ दिये की बनी रौशनी नाज़ दी।

ये ज़माने के मेले रहे शाम तक,
ज़िंदगी मौत ही है बता राज़ दी।

चाह जब नेमतों की रही मुफ़लिसी,
अब फ़क़ीरी में दुनिया सजा ताज दी।

60

मेरी रूह-ए-ग़ज़ल तू सुकूं दिल की है।
तू ही मझधार, उम्मीद साहिल की है।

एक दुनिया बसाई है सबसे अलग,
होश में क्या मज़ा मस्ती ग़ाफ़िल की है।

मेरी पलकों को परवाज़ देती ग़ज़ल,
जिसको कहते सफ़र डोर मंज़िल की है।

फूल काग़ज़ के महके जो उसने छुये,
जीतकर हारना ख़ूबी हासिल की है।

जब हवायें क़सीदा पढ़ें बेसबब,
ख़ुशबू 'पूनम' लुटा हस्ती क़ाबिल की है।

61

नहीं ये प्यार है मिटता कभी मिटाने से।
ये आग और भड़कती इसे बुझाने से।

जहां की ऊँची दीवारें इसे क्या रोकेंगी,
वो ईंट ख़ुद भी महकती इसे मिलाने से।

बनी नहीं है वो ज़ंजीर जो इसे बाँधे,
ख़ुदाई छोड़ के आता ज़रा बुलाने से।

हमेशा आग के दरिया में ये सफ़र करता,
क़दम रुके न कभी आशियां जलाने से।

ये होंठ चुप भी रहें तो नज़र बता देती,
ये ऐसी शै है जो छुपती नहीं छुपाने से।

लिखूँ मैं शाम-ओ-सहर दास्तां मुहब्बत की,
ख़ुदा भी वो खिंचा आया मेरे फ़साने से।

ज़रा-सा पल जो मिला वो सदी बना 'पूनम',
ये रोकता है क़यामत इसी बहाने से।

62

याद रह-रह के आती रही रात भर।
जान थम-थम के जाती रही रात भर।

दर्द की इन्तहा पर न आई सहर,
ये शमा झिलमिलाती रही रात भर।

चाँद भी खो गया बादलों में कहीं,
चाँदनी भी बुलाती रही रात भर।

झील का वो किनारा सिसकता रहा,
इक सदा-सी रुलाती रही रात भर।

इन नज़ारों को भी चैन आये नहीं,
यूँ हवा सरसराती रही रात भर।

63

तुम मुझे मिल गये ये जहां मिल गया।
दूर सहरा में जल का निशां मिल गया।

राह वीरान थी कुछ न आता नज़र,
कब से बिछड़ा हुआ कारवाँ मिल गया।

ज़िंदगानी मिरी थी बड़ी बेवजह,
ख़ुद ज़मीं से फ़लक अब यहाँ मिल गया।

अब क़यामत से भी ख़ौफ़ लगता नहीं,
तेरी नज़रों में मुझको मकाँ मिल गया।

उनकी दस्तक से ही साँस लौटी मिरी,
जां की परवाज़ को आसमां मिल गया।

64

हम मुहब्बत तलाशा किये उम्र भर,
उनसे मिलने की आशा किये उम्र भर।

वो छुपे ही रहे मंज़िलों में कहीं,
हम सफ़र बेतहाशा किये उम्र भर।

बनके बाद-ए-सबा आयें गुलशन में वो,
हम कली को तराशा किये उम्र भर।

तिश्नगी इश्क़ की देखी संसार में,
बादलों को तलाशा किये उम्र भर।

उनके हँसने की आदत है 'पूनम' सुनी,
इस वजह से तमाशा किये उम्र भर।

65

चाँदनी रात में यूँ न मुस्काइए।
बात ही बात में यूँ न मुस्काइए।

चाँद झुक करके गर लब को छू लेगा तो,
इक मुलाक़ात में यूँ न मुस्काइए।

गेसुओं में भटक राह शब भूली अब,
खोके जज़्बात में यूँ न मुस्काइए।

लड़खड़ाई सबा तेरी ख़ुशबू उड़ी,
महके हालात में यूँ न मुस्काइए।

झील का पानी बेचैन तड़पे उधर,
मस्त बरसात में यूँ न मुस्काइए।

66

उन दरख़्तों पे जो नाम तेरा लिखा।
मेरी चाहत का उनमें बसेरा लिखा।

वो झुकी डालियाँ जो सदा दे रहीं,
चाँदनी में सना दर्द मेरा लिखा।

जब अचानक घटायें भी घिर आती थीं,
उन नज़ारों का लगता था फेरा लिखा।

मेरी उल्फ़त में पत्ते तड़पने लगे,
रात में खो गया वो अँधेरा लिखा।

जब मुहब्बत से मिलने किरन आ गई,
झूमकर गुनगुनाता सबेरा लिखा।

67

रात ढलने लगी अब तो आ जाइये।
आस छलने लगी अब तो आ जाइये।

अब मयस्सर मुझे एक क़तरा नहीं,
प्यास खलने लगी अब तो आ जाइये।

सँग शमा के घुले हैं ये अरमा मिरे,
साँस जलने लगी अब तो आ जाइये।

चाँद की रोशनी में भी तड़पे बदन,
नब्ज़ गलने लगी अब तो आ जाइये।

ये हक़ीक़त फ़साना बनी हर तरफ़,
बात चलने लगी अब तो आ जाइये।

68

जब झुकी वो नज़र तो क़यामत हुई।
उनका दिल माँग लूँ अब इजाज़त हुई।

वो झलक दे दे चिल्मन में छुपते रहे,
संग मेरे अजब ये शरारत हुई।

ये ज़माना मुझे आज़माता रहा,
हर सितम सह सकूँ मन में हसरत हुई।

पत्थरों के शहर में चले आये हम,
ज़ख़्म थोड़ा मिला ये शराफ़त हुई।

वो ख़फ़ा हमसे थे पर न ज़ाहिर किये,
देखके भूले सब ऐसी चाहत हुई।

69

रस्म-ए-उल्फ़त निभाना उन्हें आ गया।
बेवजह मुस्कुराना उन्हें आ गया।

ज़ख़्म काँटों से मिलता ख़बर थी उन्हें,
फूल से चोट खाना उन्हें आ गया।

पहले महफ़िल में आते थे ख़ामोश ही,
साज़ पे गीत गाना उन्हें आ गया।

मयकदे में रहे होश खोया नहीं,
बिन पिये झूम जाना उन्हें आ गया।

राज़-ए-दिल अब तलक हमपे ज़ाहिर न हो,
अब निगाहें चुराना उन्हें आ गया।

70

इश्क़ में गुनगुनाती सहर आ गई।
ज़िंदगी उनको देखा नज़र आ गई।

कारवाँ से बिछड़ राह भूले थे हम,
लो हमें ढूँढ़ती वो डगर आ गई।

आँख उनकी नज़ारों में खोई रही,
ये करम की है बारिश इधर आ गई।

बेख़ुदी में लिखा कुछ ख़बर ही न थी,
तुझको सजदा किया तो बहर आ गई।

तुम थे जन्मों से मेरे यक़ीनन कहूँ,
ग़ैर की बज़्म से अपने घर आ गई।

71

दिल्लगी से दिल लगाना छोड़ दो।
ग़ैर की महफ़िल में जाना छोड़ दो।

बन सकोगे तुम मेरे मुमकिन नहीं,
पर रक़ीबों को बुलाना छोड़ दो।

गर मुहब्बत है यक़ीं भी लाज़मी,
लोगों की बातों में आना छोड़ दो।

कर इरादा तो झुकेगा आसमां,
पंख को बंदिश लगाना छोड़ दो।

धूप के दरिया में देखो डूबकर,
साथ साये का निभाना छोड़ दो।

72

मयकदे में यूँ न जाया कीजिए।
दो घड़ी पहलू में आया कीजिए।

झूमते हैं लोग मेरे नाम से,
आप भी थोड़ी पिलाया कीजिए।

चाँद का फेरा लगे मेरी गली,
चाँदनी में आ नहाया कीजिए।

गर ज़माना ज़ख़्म दे हँसकर सहो,
दर्द को भी गुनगुनाया कीजिए।

हाथ से 'पूनम' जो साग़र छूटता,
रेत से गंगा बहाया कीजिए।

73

आज सहरा से किसने पुकारा हमें।
ज्यों सदा दे रहा दिल हमारा हमें।

जब भरी रेत पर नाम मेरा लिखा,
खींच लाया नदी का किनारा हमें।

आह से उनके झुलसीं हसीं वादियाँ,
अब हवायें भी लगतीं शरारा हमें।

उनकी सिसकी से तड़पा समन्दर का दिल,
कितनी हसरत से उसने निहारा हमें।

उस जहां से निकल करके महबूब आ,
ये जुदाई न पल भर गवारा हमें।

74

देखो गुलशन में गुल एक मुरझाया है।
इन बहारों का दिल आज भर आया है।

ये हवायें भी चुप और नज़ारे भी चुप,
कौन ख़ामोशियाँ लेके घर आया है।

लेके ज़ख़्म-ए-जिगर फिरते वो दर-ब-दर,
आईना तोड़कर किसने बिखराया है।

आह वो डूबते जग तमाशाई ये,
कश्तियाँ भी किनारे पे रख आया है।

अश्क आँखों को देकर वजह पूछते,
जिनको शाम-ओ-सहर पलकों में पाया है।

75

जब घुमड़ते हैं बादल उमड़ता है मन।
झूमके गाता सावन बरसता है मन।

इन घटाओं से भेजा सँदेशा उन्हें,
उनके एहसास से भी महकता है मन।

तन को बेचैन करती तपिश साँस की,
याद रह-रह जलाती झुलसता है मन।

झट फ़लक को ज़मीं ने लगाया गले,
आह मैंने भरी तो सुलगता है मन।

पास क़तरा नहीं तिश्नगी उम्र भर,
अब समन्दर किनारे तरसता है मन।

76

हम जहां में रहे ख़ारिजी की तरह।
दाग़-ए-दामन मिला तीरगी की तरह।

हर सितम हँस सहे उफ़ तलक भूलकर,
वो मिले भी तो यूँ अजनबी की तरह।

इस शहर से तेरे अब चले जायेंगे,
सहरा में जल दिखा तिश्नगी की तरह।

इक मुलाक़ात में बात ही बात में,
होश खो बैठे दीवानगी की तरह।

हम भटकते मुसाफ़िर ठिकाना नहीं,
बादलों जैसी आवारगी की तरह।

77

सूनी सावन की रातें सतातीं हमें।
आहटें उनके आने की आतीं हमें।

बादलों के गले चाँद जब भी लगा,
वो जुदाई की बातें रुलातीं हमें।

सरसराती हवा भी सिसकियाँ-सी ले,
वो सदायें तड़पकर बुलातीं हमें।

जुगनुओं ने उजाले की कोशिश भी की,
वो चमक बिजलियों की डरातीं हमें।

संग बारिश के बरसे हैं प्यासे नयन,
हिचकियाँ भी नहीं अब हैं आतीं हमें।

78

एक एहसास से साँस चलती रही।
मौत ये धड़कनों को भी गिनती रही।

ज़िंदगी गुम है मेले में संसार के,
इक झलक राहगीरों की मिलती रही।

हम हैं भटके मुसाफ़िर कहाँ आ गये,
राह भी अब तलक साथ चलती रही।

रौशनी को पकड़ने की कोशिश में थे,
चाँदनी हाथ से मेरे झरती रही।

सोने-चाँदी में डूबा समूचा बदन,
आस बैराग की मन में पलती रही।

79

साथ मेरे मुहब्बत भी चलती रही।
पर जुदाई खड़ी पास हँसती रही।

तुम रक़ीबों के सँग घात में बैठे हो,
वो खड़ी दोस्ती हाथ मलती रही।

हमने गुल को सँवारा जतन से बड़े,
कौन नाज़ुक कली को मसलती रही।

पूरी कोशिश किये हमसे सब ख़ुश रहें,
उनमें छुप दुश्मनी धार धरती रही।

हुस्न की दिलकशी दे सदायें सदा,
वो वफ़ा हर तरफ़ आह भरती रही।

नाम 'पूनम' जहां से न मिट पायेगा,
गर ख़ुदाई ये करवट बदलती रही।

८०

ज़िंदगी उनको बनाना चाहती हूँ।
मैं मुहब्बत आज़माना चाहती हूँ।

लूँ बना ज़ीनत सजाऊँ साँस में अब,
साँस में तुमको बसाना चाहती हूँ।

दर्द-ए-दिल का भी मज़ा होता है कैसा,
डूबकर हस्ती मिटाना चाहती हूँ।

तेरे सजदे में उतारूँ चाँद-तारे,
मैं नशे में झूम जाना चाहती हूँ।

देख लो इक बार तुम अब प्यार से भी,
आईना ख़ुद को बनाना चाहती हूँ।

जब परिंदा प्यास से व्याकुल दिखे है,
रेत से दरिया बहाना चाहती हूँ।

अब इबादत रास ही आई है 'पूनम',
मैं ख़ुदा उनको बनाना चाहती हूँ।

81

दर्द को भी गुनगुनाना चाहिए।
अश्क पलकों पर सजाना चाहिए।

ज़ख़्म-ए-दिल को भी सँभालें हम ज़रा,
साँस में सरगम मिलाना चाहिए।

रौनकें सारी जहां की वार दें,
सादगी भी काम आना चाहिए।

इंतज़ार-ए-इश्क़ में बीती सदी,
अब क़यामत आज़माना चाहिए।

तिश्नगी बढ़ती ही जाती है मिरी,
अब समन्दर रास आना चाहिए।

अब्र का भी सब्र टूटा गर नहीं,
बूँद में दरिया समाना चाहिए।

आ गये 'पूनम' जो दर पे आपके,
साथ जन्मों तक निभाना चाहिए।

82

बज़्म में मेरी भी आया कीजिए।
यूँ निगाहें मत चुराया कीजिए।

ज़िंदगानी चार दिन की है सनम,
शर्म में इसको न ज़ाया कीजिए।

है गुलों का भी बुलावा यार आ,
वो बहारें साथ लाया कीजिए।

गर तुम्हें बेकस है मिलता राह में,
तो गले उसको लगाया कीजिए।

दिल्लगी दिल की लगी बन ही गई,
जाम आँखों से पिलाया कीजिए।

नूर छलके है तेरी आहट से ही,
अब वीराना भी सजाया कीजिए।

तुम बसे साँसों में 'पूनम' साँस बन,
बुत बना मुझको न जाया कीजिए।

83

चाँद बन छत पे भी आया कीजिए।
रूप को अपने नुमाया कीजिए।

राह तकते हैं फ़रिश्ते आपकी,
प्यास नज़रों की बुझाया कीजिए।

लो हटा चिल्मन रुख़-ए-रौशन करो,
फूल पे भी नूर लाया कीजिए।

ज़ुल्फ़ लहराई सितारे झूमते,
माँग तारों से सजाया कीजिए।

कहकशाँ सजदा करे है पाँव में,
यूँ न नंगे पाँव आया कीजिए।

शाम आई साथ में यादें तिरी,
याद से पहले ही आया कीजिए।

हम तुम्हारे इश्क़ में बेख़ुद हुए,
होश भी 'पूनम' दिलाया कीजिए।

84

देवता तुमको बनाना चाहती हूँ।
प्यार का मंदिर सजाना चाहती हूँ।

मैं इबादत में जहां को भूल बैठी,
अब ख़ुदा को भी भुलाना चाहती हूँ।

बद्र भी ख़ामोश है दीवानगी पे,
चाँदनी का घर बनाना चाहती हूँ।

ये सुहानी शाम है मदहोश करती,
इश्क़ में अब डूब जाना चाहती हूँ।

जब सबा अपना दुपट्टा तानती है,
पाँव में कलियाँ बिछाना चाहती हूँ।

है यही ख़्वाहिश मिरे हमदम हमारी,
साँस को सरगम बनाना चाहती हूँ।

ज़िंदगी की रौनक़ें तुम ही तो 'पूनम',
प्रेम का दरिया बहाना चाहती हूँ।

85

राज़-ए-दिल तुमको बताना चाहती हूँ।
आँख का आँसू चुराना चाहती हूँ।

है तमन्ना ख़ुश रहो दिलदार मेरे,
पाँव में ख़ुशियाँ सजाना चाहती हूँ।

धूप की तुमको तपिश छू भी न पाये,
इश्क़ राहों में बिछाना चाहती हूँ।

प्यार की ख़ुशबू हवा में घोल करके,
मैं ज़मीं जन्नत बनाना चाहती हूँ।

आसमां पे गूँजती उम्मीद मेरी,
चाँद को घर में बसाना चाहती हूँ।

हैं बँधे पलकों में वो शाम-ओ-सहर भी,
रीत उल्फ़त की निभाना चाहती हूँ।

मौत भी आये तो मुझको ग़म न 'पूनम',
क़ब्र में भी गुनगुनाना चाहती हूँ।

86

जाम आँखों से हमारे पीजिए।
लुत्फ़ उल्फ़त का मज़े से लीजिए।

ज़िंदगी भर ये नशा कम हो नहीं,
दर्द दिल का भी ख़ुशी से लीजिए।

हों न क़िस्से वो जवानी ही नहीं,
लिख इबारत प्यार की अब दीजिए।

ख़्वाब में आकर सताना छोड़ दो,
रूबरू नज़रों के आया कीजिए।

ये मुहब्बत इस जहां की शान है,
इश्क़ की रस्में निभाया कीजिए।

इक दफ़ा तुम प्यार से ही देख लो,
जान भी मेरी ख़ुशी से लीजिए।

गर सितारा हो जो गर्दिश में तिरा,
साथ जुगनू का भी 'पूनम' लीजिए।

87

प्यार में सारा ज़माना छोड़ दो।
रस्म दुनिया की निभाना छोड़ दो।

हो भले दुश्मन जहां ये ग़म नहीं,
यार को अब आज़माना छोड़ दो।

है जहाँ दिलदार मंज़िल भी वहीं,
अब सफ़र में आना-जाना छोड़ दो।

गर वफ़ा-ए-इश्क़ में मर भी गये,
इश्क़ से दामन बचाना छोड़ दो।

ता क़यामत राह देखेगा चमन,
तुम रुख़-ए-रोशन छुपाना छोड़ दो।

मैं शराबी हूँ यही इल्ज़ाम है,
जाम नज़रों से पिलाना छोड़ दो।

जान 'पूनम' जायेगी अब याद में,
हर घड़ी तुम याद आना छोड़ दो।

88

मुहब्बत की हमको सज़ा दे रहे हैं।
वफ़ाओं का बदला जफ़ा दे रहे हैं।

भले तुम भुला दो न भूलेंगे हम तो,
ओ आहिस्ता ऐसा नशा दे रहे हैं।

चमन में जो ठहरो गुलों पे इनायत,
चलो ये वीराना बसा दे रहे हैं।

दिखे चाँद-तारे फ़लक पे भी मद्धम,
उदासी को अपनी जता दे रहे हैं।

सियासत भरी हर नज़र में है 'पूनम',
खुलेआम सबको दग़ा दे रहे हैं।

८९

मिली प्यार में वो निशानी न पूछो।
हुई शाम कितनी सुहानी न पूछो।

लो ये अब्र झूमे नशे में तुम्हारे,
घटा से बरसता वो पानी न पूछो।

झलक एक देखी है जब से तुम्हारी,
निगाहें बनी हैं दीवानी न पूछो।

रँगी रंग तेरे सनम होश खोया,
चुनर दिख रही क्यूँ ये धानी न पूछो।

समन्दर के जैसी मेरी प्यास 'पूनम',
करें पर ये बूँदे नादानी न पूछो।

90

ख़फ़ा होके महफ़िल से वो जा रहे हैं।
उजाले सहर के नहीं भा रहे हैं।

वहीं वक़्त ठहरा जहाँ से गये तुम,
न वो आ रहा है न हम जा रहे हैं।

बड़ी ख़्वाहिशें थीं बनूँ मैं तुम्हारी,
सितम पे सितम वो किये जा रहे हैं।

लबों के इशारों से कलियाँ भी खिलतीं,
चमन से वो ख़ामोश ही जा रहे हैं।

पलक जो उठायें सहर झूम आती,
निगाहें झुकाये गुज़र जा रहे हैं।

ज़मीं चूम लेती क़दम तेरे 'पूनम',
मिरे दिल को नीचे कुचल जा रहे हैं।

91

हम वफ़ा में मर मिटेंगे ये यक़ीं कर लो सनम।
आके तुम भी इश्क़ में इक बार ही मर लो सनम।

प्यास, दरिया जानती है, उस समन्दर की बड़ी,
मेरी हस्ती को समेटो बाँह में भर लो सनम।

लब मेरे हैं एक क़तरा बेख़ुदी में डूबकर,
चाँद तक एहसास मेरा रूह में धर लो सनम।

खो गई तुममें ही मैं ख़ुद को तो ढूँढ़ूँ अब कहाँ,
आईने की बस्ती में भी एक तो घर लो सनम।

पाँव में सजदा किया जब मिल गई मंज़िल मिरी,
मैं फ़लक आँचल में ले लूँ थाम तुम गर लो सनम।

92

अधूरी दिलों की कहानी रहेगी।
ख़ुदा की ख़ुदाई दीवानी रहेगी।

न वो चाँद पूरा न वो अब्र पूरा,
मगर शाम फिर भी सुहानी रहेगी।

समन्दर अधूरा वो दरिया अधूरी,
वो लहरों में बढ़ती रवानी रहेगी।

गुलों पे भले ही ख़िज़ाँ का असर हो,
मगर याद दिल में पुरानी रहेगी।

भले इस जहां में नहीं होंगे 'पूनम',
महकती सदा रातरानी रहेगी।

93

सुकूं मिला है मुझे तेरे मुस्कुराने से।
धड़क उठी मेरी धड़कन इसी बहाने से।

तमाम याद समेटे हुए खड़ा रस्ता,
बड़ा उदास-सा रहता तुम्हारे जाने से।

करम हुआ है ये उनका निगाह तो डाली,
चमन में थी बड़ी हलचल मेरे फ़साने से।

दीवारें बोल उठीं जब ख़बर मिली उनकी,
हवा में नूर है बिखरा तुम्हारे आने से।

खुला नहीं है वरक़ वो जहाँ लिखा 'पूनम',
सबा को कुछ तो गुमां है मेरे छुपाने से।

94

इक नज़र देख लो रुख़ निखर जायेगा।
आईना तुम बनो ख़ुद सँवर जायेगा।

तेरे शाने पे ज़ुल्फ़ें घटायें लगें,
अब्र भूला है घर वो किधर जायेगा।

इन निगाहों की डोरी में उलझा है दिल,
तुम समेटो इन्हें पल ठहर जायेगा।

कहकशाँ आके क़दमों में सजदा हुई,
पाँव धीरे रखो गुल बिखर जायेगा।

लब ये ख़ामोश हैं यूँ समन्दर थमा,
बंदिशें टूटीं गर ये लहर जायेगा।

95

दिलों के मिलन की कहानी बनेगी।
घटा झूम करके दीवानी बनेगी।

खुले लब तुम्हारे कली खिल उठी है,
बहारों की महफ़िल सुहानी बनेगी।

चमन में जो आये गुलों की गुज़ारिश,
तेरा नूर लेकर जवानी बनेगी।

नज़ारे भी झूमें तेरा दीद पाके,
फ़रिश्तों के दिल की तू रानी बनेगी।

ये हसरत है 'पूनम' बनें हम तुम्हारे,
वफ़ाओं की अपने निशानी बनेगी।

96

किसी का रूप भाया जब नया वो साल आया था।
कोई दिल में समाया जब नया वो साल आया था।

जहां की रौनक़ें सारी समेटी मैंने दामन में,
मुझे तूने हँसाया जब नया वो साल आया था।

सँजोये अपनी साँसों में कयी लमहे मुहब्बत के,
तुम्हें ही गुनगुनाया जब नया वो साल आया था।

मिली दौलत मुहब्बत की फ़क़ीरी भा गई मुझको,
नशेमन को सजाया जब नया वो साल आया था।

पिलाया जाम वो दिलवर अभी तक झूमती 'पूनम',
सुरूर-ए-इश्क़ छाया जब नया वो साल आया था।

97

पुराना मोड़ राहों का मुलाक़ातें समेटे है।
बसी साँसों के तारों में कई बातें समेटे है।

तुम्हारी याद में डूबे वो सावन का महीना था,
दुपट्टे में है मन गीला वो बरसातें समेटे है।

कई थीं ख़्वाहिशें मन में सिसकती हैं वो रह-रहके,
शब-ए-ग़म की सियाही आह में रातें समेटे है।

भुला बैठे ज़माने को तुम्हारी बज़्म में आकर,
छुड़ाया हाथ गर्दिश में वही रातें समेटे है।

तड़प करके मेरे अरमां पिघलते रहते हैं 'पूनम',
गवाही देने को वो चाँद बारातें समेटे है।

98

छुपी वो साँस में अब तक कहानी याद आती है।
निछावर नेमतें उस पर निशानी याद आती है।

अभी भी चाँदनी में वो नहाती रात है आती,
नशीली शाम उल्फ़त की सुहानी याद आती है।

दुपहरी में सहेली संग हँसना और हँसाना वो,
बड़ी रंगीन वह दुनिया पुरानी याद आती है।

मिरी धड़कन की हर डोरी बँधी उन गुज़रे लमहों से,
मिली थीं वजहें जीने की जवानी याद आती है।

डगर में जब चले लहरा कमर बलखाई थी 'पूनम',
मुहब्बत में रँगी चूनर वो धानी याद आती है।

99

भले ही ताज अब तक तो मुहब्बत की निशानी है।
तुम्हारे इश्क़ में डूबी हमारी भी कहानी है।

बनें मुमताज हम आओ तो फिर तुम शाह बन जाओ,
लिखें तारीख़ हम अपनी ये लफ़्ज़ों की रवानी है।

ये तख़्त-ओ-ताज झूठे हैं मुहब्बत है अमर केवल,
बनाओ ताज तुम दिल को मुकम्मल तब जवानी है।

न कोई याद रखता है तुम्हारे पाँव के छाले,
झुकी मंज़िल जो क़दमों में तभी दुनिया दीवानी है।

पिता की आँख में आँसू कलेजा माँ तिरा ज़ख़्मी,
उन्हें तुम भूल बैठे हो तुम्हारा खून पानी है।

वतन के जां निसारों की अक़ीदत कम नहीं होगी,
करूँगी जां फ़ना 'पूनम' यही आदत पुरानी है।

100

लो आई फ़ाग की टोली मेरे गाँवों की गलियों में।
बिखेरे प्रीत है होली मेरे गाँवों की गलियों में।

लहरती लाल पीली चादरें ढँक दी हवाओं को,
भरी रंगों से है झोली मेरे गाँवों की गलियों में।

अरे मझिला वो देखो आ रहीं हाथों में ले कीचड़,
भिगो देवर ने दी चोली मेरे गाँवों की गलियों में।

बड़ा ही मन गुलाबी हो रहा है आयेंगे कब वो,
कभी तो लायेंगे डोली मेरे गाँवों की गलियों में।

बड़ा रंगीन मौसम है लगे जन्नत यहीं ठहरी,
गले लग जाओ हमजोली मेरे गाँवों की गलियों में।

भिगोया मन को मेरे है तुम्हारे सुर्ख़ गालों ने,
भुलाये ग़म तिरी बोली मेरे गाँवों की गलियों में।

नज़र से देखके तुमने नशीला मुझको कर डाला,
लगे सूरत बड़ी भोली मेरे गाँवों की गलियों में।

बँधा जीवन मिरा 'पूनम' निगाहों की है इक डोरी,
महक मौसम ने है घोली मेरे गाँवों की गलियों में।

101

बड़ा है शोर चारों ओर नारी नर पे भारी है।
रहे वो पाँव की दासी यही मर्ज़ी तुम्हारी है।

सरकती दिख रही है वो विरासत जिसके मालिक तुम,
मिरी हर साँस पर जैसे तिरी जागीरदारी है।

तुम्हें पाला महीने नौ रखी मैं कोख में अपनी,
हुकूमत की बड़े होकर बना मुझको बिचारी है।

मिलेगा स्वर्ग बेटों से वही कन्धा दे अर्थी को,
बताया है हमें केवल हमारी महिमा भारी है।

बनाकर वस्तु मुझको कर दिया है दान परिणय में,
नहीं होती है बेटी वस्तु कैसी देनदारी है।

कहा देवी हमीं को और हमीं को कोख में मारा।
बताते हो बसें सुरगण जहाँ पूजा हमारी है।

बताया व्रत रखने हैं बढ़ाओ उम्र बेटों की,
बताते काश ये दोनों की सम ही साझेदारी है।

ख़ुदा भी है वो शर्मिंदा बनाया सम ही तत्वों से,
रखा कमतर हमें तूने किया अन्याय भारी है।

अभी भी वक़्त है सँभलो मेरे रहबर कहे 'पूनम',
मिटा दो सोच का अन्तर बराबर हिस्सेदारी है।

102

दिल धड़कता है मेरा कल शाम से।
साँस महके अब तुम्हारे नाम से।

लाज में तुमसे न मैं कुछ कह सकी,
चैन आया है तेरे पैग़ाम से।

मयकदे के रास्ते भूले सभी,
होश खोया आँख के ही ज़ाम से।

काम के ख़ातिर रहे मशहूर हम,
इश्क़ में हम तो गये अब काम से।

ये क़दम आगे बढ़े 'पूनम' के जो,
अब भला फिर क्यूँ डरे अंज़ाम से।

103

तलाश जिसकी करो वो नहीं कभी मिलता।
नज़र में ख़्वाब समाये तो ज़ख़्म ही मिलता।

नशे में झूमता रहता दिखे दीवाना जो,
कहाँ ठिकाना है उसका सफ़र में ही मिलता।

बनी हसीं है वो तस्वीर इश्क़ के रँग से,
नज़ारे नूर जो लाते वहीं वो भी मिलता।

मिला सके न कभी दिल जो वो यही करते,
मिलाते हाथ को झट से कोई ज्यों ही मिलता।

कहे भला तू क्यूँ पूनम कि मैं अलग तुझसे,
ज़मीं से आसमां तक तो मुझे तू ही मिलता।

104

इक कहानी बनी सोचते-सोचते।
मैं से हम हो गई सोचते-सोचते।

रात में ख़्वाब में जब से देखा तुम्हें,
अब सहर हो गई सोचते-सोचते।

तुम ख़फ़ा क्यूँ हुए वो वज़ह क्या रही,
ख़ुद से बेख़ुद हुई सोचते-सोचते।

दाग़ ऐसा दिया जो मिटा ही नहीं,
ज़ख़्म सिलती गई सोचते-सोचते।

नाम 'पूनम' तुम्हारा ज़माना भी ले,
क्या ग़ज़ब कह गई सोचते-सोचते।

105

इश्क़ में ज़िंदगी का मज़ा और है।
फिर तेरी आशिक़ी का मज़ा और है।

मौत का ग़म नहीं तू मिला जो हमें,
तुझसे दिल की लगी का मज़ा और है।

मैं तड़पती रहूँ बिन तेरे दम-ब-दम,
साँस की तिश्नगी का मज़ा और है।

तेरी पलकों के साये में बीते सफ़र,
ऐसी आवारगी का मज़ा और है।

रूप तेरा खिला तो सबेरा हुआ,
ज़ुल्फ़ की तीरगी का मज़ा और है।

ये नज़ारे नज़र को लुभायें भले,
पर तेरी दिलक़शी का मज़ा और है।

लाख राहें मिलीं आके 'पूनम' से ख़ुद,
पर तुम्हारी गली का मज़ा और है।

106

गर कहें आप तो तुमपे जां वार दूँ।
कुछ न चाहूँ मैं अब बस तुम्हें प्यार दूँ।

मुझको तेरी निगाहों में साहिल मिले,
दिल की दुनिया तुम्हारी सजा यार दूँ।

माँग लो आज जो भी तुझे चाहिए,
ये ख़ुदाई है क्या मैं ख़ुदा वार दूँ।

तेरे क़दमों के नीचे मुहब्बत बिछी,
और बहारों का मौसम भी सरकार दूँ।

इश्क़ 'पूनम' हमारा ज़माना सुने,
अब हवाओं के हाथों में अख़बार दूँ।

107

एक दिन चाँद से मैंने पूछा यही।
मेरे महबूब से तू मिला है कभी।

चाँद गुमसुम हुआ फिर ये मुझसे कहा,
रूप मद्धम मेरा मिलके आया अभी।

उनकी सूरत से रौशन फ़िज़ायें हुईं,
शायरों ने उन्हीं पर कही शायरी।

ख़ुशनसीबी है मेरी वो मेरे हुये,
उनके क़दमों पे झुकते सितारे सभी।

जान 'पूनम' बना करके रक्खेंगे हम,
वार सब रोक लूँ मैं लिफाफा सही।

108

जब तुम्हारी नज़र मेरा रुख़ चूमती।
मैं निखर करके खिल ही गई फूल सी।

बादलों में ढँकी एक व्याकुल किरन,
हाथ थामा मेरा खिल गई धूप सी।

पंख मन में तितलियों से मेरे सजे,
ख़ुशबू में सन गई मेरी हर पंखड़ी।

ख़ुद की आँखों से जलवा न अपना दिखे,
आईने में दिखी अब छुपी रूपसी।

आके पर्दे से बाहर मुहब्बत यहाँ,
होके बेचैन मेरा पता पूछती।

कल किवाड़ों पे दस्तक ख़िज़ाँ ने दिया,
आज आँगन में देखी ख़ुशी घूमती।

लिख दिया नाम 'पूनम' बहारों के दर,
वो कली आ गई मेरा घर ढूँढ़ती।

109

आओ लेके चलें तुमको ख़ुशियों के घर।
ख़ुशबुएँ घूमतीं ऐसी कलियों के घर।

जश्न है ज़िंदगी ये उदासी नहीं,
मिल के आयें चलो रंगरलियों के घर।

ये जो भौंरे कली का बदन चूमते,
यार जाना नहीं ऐसे छलियों के घर।

नींद में जो दिखातीं हसीं ख़्वाब को,
मेरे हमदम चलो प्यारी परियों के घर।

पंख हैं मख़मली तुम न मैला करो,
होते नाज़ुक हैं 'पूनम' तितलियों के घर।

110

आज माँ ने जो फिर से दुलारा हमें।
लेके आँचल में जी भर निहारा हमें।

माँगने को खिलौने की जिद मैं करूँ,
खोया तोता वो दे दो हमारा हमें।

रात में सीने से जो लगाकर रखा,
कर सका ही नहीं डर इशारा हमें।

वो निवाला खिलाया मेरी माँ ने जब,
अब ख़ुदा मिल गया है हमारा हमें।

रूप बदला दिखा माँ ये 'पूनम' बनी,
मेरे आँचल में माँ ने पुकारा हमें।

111

जब परिंदों से मिलने सहर आ गई।
लेने आग़ोश में उनके घर आ गई।

उसकी चूनर परिंदों ने यूँ दी उड़ा,
जो किरन थी ढँकी वो नज़र आ गई।

इक चमक खिल गई आसमानों तलक,
देखो बलखाती हँसती डगर आ गई।

मेरी साँसें बसीं आज भी गाँव में,
पाँव ले करके मैं तो शहर आ गई।

रुख़ ये 'पूनम' का झिलमिल सितारा बना,
चाँदनी चाँद थामे इधर आ गई।

112

आग में दरिया समाना चाहती हूँ।
तिश्नगी को घर बुलाना चाहती हूँ।

हौसला मेरा भले शबनम की बूँदें,
प्यास किरनों की बुझाना चाहती हूँ।

जब मैं गुज़री राह से यह ही कहा है,
आपका हर ग़म उठाना चाहती हूँ।

अब चमन में जाना भी मुझको न भाये,
ख़ुशबुओं के पर लगाना चाहती हूँ।

तू जो 'पूनम' इस ज़मीं पर आ गया है,
मैं मुहब्बत ही उगाना चाहती हूँ।

113

अगर हो इजाज़त सितारे बिछा दूँ।
तुम्हें थामने को सहारे बिछा दूँ।

नज़र आपकी जिन फ़िज़ाओं में घूमे,
कई झूमते से नज़ारे बिछा दूँ।

ये साँसों की मौजें जहाँ थम सकेंगी,
गुलों के वहाँ पर किनारे बिछा दूँ।

कभी नींद में मेरी बाँहों में आओ,
मैं बिस्तर पे ही ख़्वाब सारे बिछा दूँ।

ये नाज़ुक सी 'पूनम' और ख़ुशबू नशीली,
मैं मख़मल से अहसास प्यारे बिछा दूँ।

114

मेरे महबूब आ आसमां पे रहें।
हम ज़माने की नज़रों से छुपके मिलें।

बिन मुहब्बत के दुनिया बियाबान है,
फूल बन करके आओ चमन में खिलें।

ये हवायें भले लाख दुश्मन बनीं,
बन चराग़-ए-वफ़ा आँधियों में जलें।

शाम सी तुम महककर लगा लो गले,
तेरे शाने पे हम रात बनके ढलें।

नाम 'पूनम' फ़िज़ाएँ भी भूलें नहीं,
बनके वाद-ए-सबा वादियों में घुलें।

115

इश्क़ को चूम आती हमारी ग़ज़ल।
तुझको सजदा करूँ आजा प्यारी ग़ज़ल।

है सुकूं मन की वो चैन भी है मेरी,
हमको देखा करे बस तुम्हारी ग़ज़ल।

रूह बनकर बसी जब से साँसों में वो,
ये क़लम लिख रही मेरी सारी ग़ज़ल।

इक झलक देखी तुमको नशा हो गया,
तुमको ही ढूँढ़ती है हमारी ग़ज़ल।

हारते ही रहे इस ज़माने से हम,
ख़ुशनसीबी ये 'पूनम' न हारी ग़ज़ल।

116

इन किताबों में जो अक्स तेरा दिखा।
उनमें काजल का मेरे बसेरा दिखा।

राह में ही तेरी रात ढलने लगी,
मेरी यादों का घायल सबेरा दिखा।

क़ैद लमहे थे उनमें रिहा हो गये,
राज़-ए-दिल भी छुपा उसमें मेरा दिखा।

अश्क़ से भीगकर लफ़्ज़ गीले रहे,
उन वसन्ती हवाओं का फेरा दिखा।

है ये आदत बुरी वक़्त को बाँध लो,
उनका अहसास 'पूनम' को घेरा दिखा।

117

वक़्त वो और था तुम हमारे हुये।
इन निगाहों के झिलमिल सितारे हुये।

मेरी ज़ुल्फ़ों तले शाम थी बीतती,
तेरे शाने पे ही दिन हमारे हुये।

बेख़बर था जहाँ कुछ ख़बर ही नहीं,
तुम हमारे बने हम तुम्हारे हुये।

रात को मिलने आना ये कैसे कहूँ,
आँख ही आँख में बस इशारे हुये।

अजनबी बनके 'पूनम' मिले आज तुम,
दूर दरिया से जैसे किनारे हुये।

118

मेरे महबूब क्यों बेवफ़ा हो गये,
गैर की वजह से तुम जुदा हो गये।

इक इशारे पे तेरे लूटा दूँ मैं जां,
मैं सबब जानूँ तो क्यों ख़फ़ा हो गये।

होश खो करके मैं तुमको खोजा करूँ,
तुम रकीबों के सँग फाख़्ता हो गये।

बिन तुम्हारे कहीं दिल लगे ही नहीं,
तुम नसों में समाकर नशा हो गये।

दूर सहरा में 'पूनम' पुकारे सदा,
लौट के आने वाली सदा हो गये।

119

दिल ये कहता है उनको पुकारूँ ज़रा।
नाज़ उनके सभी मैं उठा लूँ ज़रा।

ये नज़ारे भी नज़रों को भायें नहीं,
अब तो मुखड़े से चिलमन उठा दूँ ज़रा।

मेरी बाँहों में आ सारे ग़म भूलकर,
अपने पहलू में तुमको बिठा लूँ ज़रा।

ये ज़मीं कह रही आप पल भर रुकें,
मैं क़दम पे बहारें बिछा दूँ ज़रा।

मेरे घर आओ तुम आज शबभर रुको,
चाँद को आसमां से बुला लूँ ज़रा।

ज़िंदगी कुछ नहीं साँस 'पूनम' मेरी,
मौत के बाद उल्फ़त निभा लूँ ज़रा

120

दिन मुहब्बत के जाने कहाँ वो गये।
जान थे जो हमारी जुदा हो गये।

कहते थे साथ देंगे क़यामत तलक,
मोड़ आते ही देखो हवा हो गये।

ये शजर इश्क़ का अब बड़ा हो गया,
बीज हाथों से अपने वही बो गये।

ख़्वाब बनकर के आये हक़ीकत नहीं,
नींद से जागे हम बस तुरत वो गये।

बीती यादों में 'पूनम' फिरे रात-दिन,
ढूँढ़ते-ढूँढ़ते अब हमीं खो गये।

121

शाम-ए-ग़म उनकी यादों का रह रह उठे।
आसमां पे वो बादल बिखर के फटे।

मुझको तनहाई थमथम जलाती रही,
अश्क गिरने न पाये नज़र में रुके।

उन नज़ारों से भी आँच आने लगी,
साथ उनके ये एहसास मेरे जले।

चाँदनी के दुपट्टे में इक आग थी,
अब हवा पाके देखो फ़िज़ा में उड़े।

मेरे क़दमों में 'पूनम' फफोले पड़े,
लड़खड़ाकर ज़मीं पर लो अब आ गिरे।

122

मेरी महफ़िल मे जो आप आने लगे।
बिजलियाँ भी दिलों पर गिराने लगे।

साज़ झूमें उधर आपको देखकर,
हम सभी को वो आशिक़ पुराने लगे।

मुड़ गई हर नज़र तेरे रुख़ की तरफ़,
दिल ये घायल हुये यूँ निशाने लगे।

ये हवा लड़खड़ाई बदन चूमकर,
वो सितारे भी मस्ती लुटाने लगे।

गुदगुदाया मुझे होश गुम हो गया,
ये हँसाना भी क्या तुम रुलाने लगे।

लोग चर्चा करें बेख़बर मैं रहा,
हम तो दीवाने तेरे कहाने लगे।

तुम हो जन्मों से 'पूनम' हमारे यहाँ,
तुमको आने में फिर क्यूँ ज़माने लगे।

123

आके धड़कन में समाया कीजिए।
ज़िंदगी बन मुस्कुराया कीजिए।

रात को अक्सर मैं छत पे घूमता,
इक झलक अपनी दिखाया कीजिए।

आसमां पे जब सितारा टूटता,
मन्नतें भी माँग जाया कीजिए।

ये ज़माना प्यार का दुश्मन सही,
इश्क़ में ही डूब जाया कीजिए।

आग का दरिया भले उल्फ़त सही,
तैरकर ही पार जाया कीजिए।

तुम रकीबों में बड़े मशहूर हो,
दोस्ती भी आज़माया कीजिए।

तुमने 'पूनम' को कभी परखा नहीं,
मोम का पत्थर बनाया कीजिए।

124

ज़िंदगानी हम तुझे भी जी लिये।
कह दवा सारे ज़हर हम पी लिये।

मौत से मेरी सदा यारी रही,
दोस्ती को गुनगुना हम भी लिये।

साँस पे मेरी हमेशा बंदिशें,
होंठ ज़ख़्मी थे उन्हें भी सी लिये।

लोग सीने से लगे ख़ंजर छुपा,
हम भी नादां मिल रहे दिल ही लिये।

जब कभी 'पूनम' ने देखा इस तरफ़,
एक पल में कुल सदी हम जी लिये।

125

कौन थे वो इश्क़ में जो मर गये।
नाम अपना वो जहां में कर गये।

ये निगाहें कुछ नहीं हैं अश्क बिन,
दर्द में भी वो ख़ुशी दे कर गये।

रस्म-ए-उल्फ़त गर निभा सकते नहीं,
दूर ही इससे रहो गर डर गये।

यार की नज़रें नज़र ही खोजतीं,
यार की तस्वीर ही लेकर गये।

आँख को 'पूनम' तुम्हारी देखकर,
मयकदे खाली रहे जो भर गये।

126

मैं अकेला आज तक चलता रहा।
हौसले में काफ़िला बसता रहा।

बादलों ने था छुपाया चाँद भी,
जुगनुओं को साथ ले बढ़ता रहा।

थे हज़ारों राह में पत्थर पड़े,
मन्दिरों में मैं उन्हें रखता रहा।

वादियों में तीरगी छहरी रही,
प्यार से रौशन फ़िज़ा करता रहा।

थे छुपे दुश्मन कई ख़ंजर लिये,
मैं हवा में, पर लगा उड़ता रहा।

जब हवाओं में ख़बर फैली मिरी,
बेख़बर मैं भीड़ में सुनता रहा।

नाम 'पूनम' ही रहा बदनाम है,
पर ज़माना नाम भी करता रहा।

127

आ भी जाओ मैं तुम्हें आवाज़ दूँ।
छेड़कर दिल का तराना साज़ दूँ।

तुम मुहब्बत के परों को लो लगा,
पास आओ मैं उन्हें परवाज़ दूँ।

ग़म को तेरे टाँक लूँ चूनर में मैं,
ख़ुशियों की महफ़िल तुम्हें सरताज़ दूँ।

है फिदा दुनिया अदा पे ही मेरे,
इश्क़ को भी इक नया अंदाज़ दूँ।

आशियां तुम लो बना इक चाँद पे,
चाँदनी से दीये का आगाज़ दूँ।

128

आपके घर में धुआं होगा नहीं।
है ज़मीं पर आसमां होगा नहीं।

मुस्कुराते हो अधिक कहते हैं सब,
ये भी तय है हमज़ुबां होगा नहीं।

आँधियों से मिल जो शाखें तोड़ते,
साथ उनके बागबां होगा नहीं।

गर वतन के काम ही आये न वो,
ये तो सच है नौजवां होगा नहीं।

जो हवाओं में ज़हर हैं घोलते,
संग उनके कारवां होगा नहीं।

राज़-ए-दिल 'पूनम' से कह दो शौक से,
इनके जैसा राज़दां होगा नहीं।

www.ingramcontent.com/pod-product-compliance
Ingram Content Group UK Ltd.
Pitfield, Milton Keynes, MK11 3LW, UK
UKHW042016190726
13854UKWH00005B/2315